썸의 맛

작가의 말

결핍감과 열등감으로 가득 찬 나에게 '사랑'은 삶의 가장 큰 화두였다. 오로지 사랑만이 결핍감과 열등감을 벗어나게 해 줄 수 있을 것이라고 믿었다. 시를 쓴 동기 역시 불순한 것이었다. 즉 결핍감과 열등감을 해소하기 위한 아주 어리석은 마음으로 한 편 한 편 썼다.

시를 쓰다 보니 사랑에 대해 깊은 고민을 하게 됨과 동시에 나 자신을 돌아보게 되었다. '내가 사람들에게 사랑을 제대로 주지 않고 투정만 부리는 것은 아닐까?' 하는 의구심이 생기기도 했다.

우리는 알게 모르게 많은 사람을 사랑하며 살아간다. 규정하지 않아서 그렇지 우리는 정말로 많은 사람을 이미 사랑했고, 현재 사랑하고 있다. 이 책의 시들은 그런 나의 경험을 솔직히 적어 놓은 흔적이다. 흔적은 흔적인 까닭에 상처가 될 수도, 추억이 될 수도 있다.

내가 남긴 흔적과 함께 누군가는 과거의 추억을 회상하고 그 시절의 상처를 지우며, 다른 누군가는 권태기를 이겨내고, 또 다른 누군가는 새로운 사랑을 시작하는 데 도움이 되기를 빌어 본다.

-구보상

차례

찌질한 남자 여자

평범한 남자 여자

어쩜, 우린

찌질한

남자
여자

남자사람친구

남자사람친구가 유행이다
그래서
나도 남자사람친구가 되고 싶다

그런데 남자사람친구는
남자인가? 사람인가?
아니면 친구인가?

남자사람친구의 정체를
알기 위해서라도
남자사람친구가 되고 싶다

어장관리

사람들은 어장관리가 나쁘다고 말한다
그러나
난 어장관리가 정말 좋다

어장관리
당하는 것도
내 능력이다!

믿음

너에 대한
믿음이
없는 것은 아니다

믿음에 대한
믿음이
없을 뿐이다

피로사회

내가 연락하는 여자들마다 피곤하다고 말한다

역시
지금은
피로사회다

외톨이

외로움
더하기
외로움

외로움
더하기
외로움

외로움
더하기
외로움

외로움
더하기
외로움

외로움
더하기
외로움

외로움
더하기
외로움

그렇게
나라는 사람은
외톨이가 되었다

혼자서도 잘해요

혼자 하는 사랑의
이름이
왜 하필 짝사랑일까?

원래 사랑은
둘이 아니라 혼자서
하는 것은 아니었을까?

여자는 나를 좋아하지 않는다

여자는 나를 좋아하지 않는다
그렇다고 해서
나를 싫어하지도 않는다

여자가 나를
싫어하는 것도 좋아하는 것도
아니라면

여자한테 나는 무엇일까?
새로운
용어가 필요하다

집착

내가
그녀를
따라다닐 때

날 별로
좋아하지 않던
그녀는 나에게 집착한다고 말했다

그 말은
나에게
큰 상처가 되었다

그런데
문득
이런 생각이 들었다

사랑이
집착이
아니면 과연 무엇일까?

상처가
될 것도 아닌데
나는 상처를 받은 것은 아닐까?

길

길을 잃어버렸다
어디로 가고 있는지
알 수 없었다

그녀가 하나의
길이 될 것이라고
나는 믿었다

그건 착각이었다
길은 그녀에게 있는 것이 아니었다
나에게 있는 것도 아니었다

길을
잃은
나는
오늘도 방황한다

잘해 주지 마

나에게
잘해 주면
안 돼요

그날 밤
나,
잠을 못 자요

모텔

요즘 모텔은
호텔 수준으로
좋다고 한다

안 가 봐서
모르지만
그렇다고 한다

혼자라도
가 봐야겠다

썸

나만 빼고
자기들끼리
썸을 탄다

나는
언제쯤
썸을 탈 수 있을까?

작두 타는 게
더 빠를 것
같다

양다리

양다리 때문에
사람들이
눈물을 흘린다

다른 의미에서
나도
눈물을 흘린다

난
어떤 다리에도
속하지 않기 때문에

짐승

여자들이 좋아하는
남자는
세련된 짐승이다

나는
그냥
짐승이다

그래서
여자에게
선택받지 못한다

자취

여자들은
나에게
알려 주지 않는다

자신이
자취한다는
사실을

남자들이
자취하는 여자를
좋아하는 것을 알면서도

나에게
절대
알려 주지 않는다

분노

생각해 보면
정말로
화가 난다

왜 여자들은
자기가 필요하면
전화를 하고

내가
전화를 하면
받지 않는가?

내가 싫을 수도 있다
그래도
이것은 도의의 문제가 아닌가?

정말로 이해가 가지 않는다
어찌 되었든
나는 아무것도 못한다

대학 시절

대학 시절을 떠올리면

자연스레 사랑이 떠오른다

청춘만의 사랑이 있는 것이다

사실 청춘의 사랑만큼 더러운 것이 있을까?

청춘의 사랑만큼 성숙하지 못한 게 있을까?

대학 시절 사랑을 미화하지 말자

대학 시절 사랑은 그 어느 사랑보다 더 역겹다

대학 시절 사랑은 짐승 시절 사랑이다

페브리즈가 필요해

그녀가 내
목도리를
둘렀다

두려웠다
목도리에서
냄새날까 봐

민트초코

그녀는
치약맛이 나는
민트초코를 좋아했다

나는
치약맛이 나는
민트초코를 싫어했다

그래도
나는 이제
민트초코만 먹는다

치약맛이 아니라
그녀의 맛을
떠올리기 위해

담배

그녀는 담배를 피우는
나에게
담배를 끊으라고 했다

지금은
담배를
끊었다

그래도 가끔은
담배를 피우고 싶다
그녀의 잔소리를 듣고 싶다

사회생활

그녀가 남자친구가 있기 때문에
나는 그녀에 대한 마음을 접었다

그래도

그녀가 나에게 말 한마디를 던지면
그녀가 나에게 티끌만 한 관심을 보이면

나는
기분이 좋아진다

집에 돌아와
현실을 깨닫는다

그녀의 티끌 같은
관심이
티끌조차 아니었다는 것을

나는
그 관심이
사회생활이라는 것을 깨닫는다

눈빛

고백하라는
너의 눈빛을
읽었음에도

나는 내 일이 바빠
내일로 고백을 미루었다

힘들다

그녀는 살면서
힘든 적이
거의 없다고 했다

삶이 힘들었던
나는
그 말이 내심 부러웠다

나는 더 이상
그녀에게
다가설 수가 없었다

힘들지 않은 사람은
힘들지 않은 사람을
만나야 하고

힘든 사람은
힘든 사람을
만나야 한다

아니
힘든 사람은
아무도 만나지 말아야 한다

그래야
혼자만
힘들 수 있으니까

나는 나를 사랑하지 않는다

나는
너를
사랑한다

그러나
나를
사랑하지 않는다

너를
사랑하기
위해서는

나를 먼저
사랑해야 한다고
말하지만

나는
나를
사랑하지 않는다

아마도
내가
너를 사랑하지만

사랑할 수 없는
가장 큰
이유는

내가
나를
사랑하지 않기 때문이다

미안해

희한하게도
여자들은
나에게

그 말을
자주
했다

미안해
할 것도
아닌데

그럴
상황이
아닌데

미안해
라고
말했다

바람

나이를 먹으니
주위에서
바람을 많이 피운다

나는
바람에 대한
걱정이 전혀 없다

청첩장

남들은
하나같이
청첩장을 주는데

나는 평생
청첩장을 못 줄 것 같다

카톡

남들
카톡은
1이 잘 지워지던데

이상하게
내 카톡은
1이 지워지지 않는다

외로움

외로움이 너무 심해
이런 생각도
하게 된다

외로움이
혹시
외로운 것은 아닐까?

짝사랑

짝사랑을
짝사랑이라고
부르지 말자!

나에게는
짝사랑만이
진정한 사랑이다!

사랑한다는 그 말

예전에는
사랑한다는 그 말이
쉽게 나왔다

나이가 드니
그 말이
쉽게 나오지 않는다

사랑을
하지 않아서가
아니다

사랑은 하고 있지만
그 사랑을
확신할 수가 없다

혼잣말

내가 아닌 내가
그녀에게
하고 싶은 말이 많다

시도 때도 없이
수많은 말들이
올라온다

정작
그녀 앞에서 나는
아무 말도 못한다

아니
언제나 말을 했지만
그녀가 못 들은 척했는지도

자존심

없는 자존심을
더
없애고 싶다

티끌만 한
자존심을
잡고 있느라

여자를
만나지
못하고 있다

가난한 사랑

나의 사랑은 싸구려 사랑이다
임금 노동자가 아닌
나의 사랑은 지독히 가난하다

정체성

내가 누구인지 몰라
내가 누구라는 확신도 없는데
너를 어떻게 사랑한다고 하겠니?

노오력

노력이
부족하기 때문에
노오력을 해야 한다고 한다

사랑이
부족한 나는
사아랑을 해야 하나?

내 삶이 보인다

전화번호 목록을
보면
내 삶이 보인다

이
사람한테는
이렇게

저
사람한테는
저렇게

그리고
그 사람한테는
그렇게

차였던
내 삶이 보인다

시간 맞추기

너의 과거를 나의 과거와 맞추어 본다
네가 이것을 했을 때
나는 이것을 했다

네가 이 남자와 만났을 때
나는
혼자였다

나는
지금도
혼자다

열등감

네앞에서만큼은
안들줄만알았던
열등감이

네앞에서더욱더
드는이유를나는
모르겠다

지갑

그녀를 만나기 전에
지갑을
확인한다

지갑에 돈이 부족해
돈을 채워 넣는다
자존심이 채워졌다

상실의 시대

나의 그녀가
내 친구를
좋아한단다

나는
사랑도 잃고
우정도 잃었다

뭐 괜찮다
세상이
원래 그런 거니까

상실의 시대를
살고 있는가 보다
나는

광대

여자를
만날 때마다
나는 굳이 광대가 되었다

광대가
아닌 나는
다음에 만나 주지 않았다

기대와 기우

모든 여자한테
나는
기대한다

기대는
역시
기우였다

칭찬

여자가
칭찬을 하면
나는 불안하다

아무 사이도
아닌데 떠날까 봐
나는 불안하다

평범한

남자
여자

와이파이와 여자

잡으려고
노력하는데
잘 잡히지 않는다

나이와 여자친구

어릴 때는
먹으면
생길 줄 알았는데

나이 들어 보니
나이가
중요한 게 아니었다

당당함

당당한 것이 아니라
당당한 척을 한 거다
적어도 네 앞이니까

그리움

나는
그때의 너를
그리워하고 있을까?

아니면
그때의 나를
그리워하고 있을까?

30대의 사랑

30대
의
사랑은

사랑보다
돈이
필요하다

사랑하는 데
돈이
중요한 게 아니라

돈이
곧
사랑이다

발걸음

그녀의 발걸음과
나의 발걸음을
맞추고 싶다

사랑

사랑의
유래는
생각이다

나는
너를
많이 생각한다

고로

나는
너를
많이 사랑한다

오빠야

오빠야!
라고
하지 마세요!

오빠야!
라고 해도
저는 꼭

무조건
절실히
확실히

더치페이
를
할 겁니다!

두 번째 사랑

첫사랑에 비해
두 번째 사랑은
의미가 없어 보인다

그래도
두 번째 사랑이
더 깊은 사랑이 아닐까?

두 번째
그 자체가

두 번의 어려움을
이겨 냈음을

말해 주고
있는 것은
아닐까?

그것이 알고 싶다

여자를 만날 때
왜
파스타를 먹어야 할까?

그것이
알고 싶다

얼마예요

그 사랑
얼마예요?

그 남자
얼마예요?

그 여자
얼마예요?

얼마를
주면
그것들을

살 수가
있어요?

배송은
당일 배송으로
해주세요

포기해야 하는 사랑

가끔,
아니,
자주,
사랑,
역시,
포기할 때 가치가 있다

핫팬츠와 킬힐

핫(hot)팬츠를
입고
킬(kill)힐까지
신은

여자를 보면

나는
뜨거워(hot)
죽는다(kill)

고민

이 쪽에도
예쁜 여자가
있고

저 쪽에도
예쁜 여자가
있다

어느 쪽으로
가야 할까?
고민이다

세포의 신비

여자가 이유 없이 웃어 주거나

여자가 이유 없이 잘해 주거나

여자가 예쁘기만 해도

내 세포는 아팠다

그리고
세포가 반응했던
여자들은

끝내
연락이
끊겼다

세포의 신비는 놀랍다

나의 이별을 예측한다

TV

TV를 보면 예쁜 여자들이 많이 나온다

자꾸 보니 친근해져 그 여자들 중 한 명이랑
사귈 수 있을 것 같기도 하다

TV를 끄고 나서 현실을 바라보니
내 생각이 잘못되었음을 깨닫는다

내가 그 정도였다면
이 지경까지 안 왔겠지

TV에 나오는 여자들을
이렇게 바라보지 않았겠지

여자의 눈물

여자의 눈물은 표현이다
뜻대로 일이 되지 않을 때
여자는 눈물을 흘린다

남자의 눈물은 표현이 아니다
자신의 상황이 절망적일 때만
남자는 눈물을 흘린다

사랑합니다 고객님

사랑합니다
고객
님!

내 이름은 고객이 아니다
내 이름을 말하면서
사랑한다 말해 줘

바라본다

카페에서 여자를 바라본다
이유 없이 바라본다
여자이기 때문에 바라본다

나는 아니 남자는
여자가 있으면
그냥 바라본다

본능이 그렇다
본디
생겨 먹은 게 그렇다

그녀 닮은 그녀

그녀가 보고 싶어
그녀와 닮은
그녀 꿈까지 꾼다

구분이 가지 않는다
내가 그녀를
그리워하는 걸까?

그녀와 닮은 그녀를
그리워하고
있는 것일까?

과제

후배에게
과제를
주었다

기대한 것은
단순한
대화였다

말이
없었다
그 후배는

고맙다는
말조차
억지로 하고 있었다…

저 여자가 예뻐 내가 예뻐?

길을 걷다가
그녀가 나에게
물었다

저 여자가 예뻐
아니면
내가 예뻐?

순간 나는
저 여자를 봤으면서도
못 본 척했다

그리고
있다가 그녀에게
말했다

저 여자보다
네가
훨씬 예뻐!

햄버거

내가 햄버거를
먹자고
그녀에게 말했다

그녀는
햄버거를
단번에 거절했다
입이 작다면서

그녀가 날
괜찮게
생각할 때

햄버거를
먹자고
해 보았다

그녀가 웃으면서
뭐든지 좋다고
말했다

신기한 일이다
입의 크기가
마음대로 늘어나다니

스티커 사진

그녀를 추억하지 않기 위해
스티커 사진을
찢었다

추억이 없어진 게 아니라
추억이
하나 더 늘었다

낮잠

피곤을
피해서
낮잠을
청했더니

그녀가
눈앞에
나타났다

그녀가
나타난
낮잠은

낮잠의
기능을
못한다

밤

밤이
와도
우리는

밤을
알 수
없다

낮
이후에
밤이 있다고 생각할 뿐

밤은
비로소
그녀가 왔을 때 나타난다

밤은
다름 아닌
그녀다

밤은
그녀가
되어

날
덮고
있다

밤은
그녀가
되어 날 기다리게 한다

고개

친하게 지냈던
그녀가
있었다

친하지
않았던 것
같은데

나도
모르게
친해져 있었다

그렇게
지냈다
자연스럽게

어느 날
그녀에게
말을 거니

그녀는
말 대신,
고개를 저었다

주변에서
들어 보니
남자친구가 생겼다더라

별
사이도
아니었는데

기분이
별로였다

조금은
억울했다

어쩜,

우린

부럽지 않은 커플

솔직히 말해 가끔은 부럽지 않은 커플도 있다

인스타그램

초면
에
좋아합니다

인스타그램의 거짓말

소통하자면서
소통을
안 한다

인스턴트

인스턴트 밥
인스턴트 김치
인스턴트 참치

그리고
인스턴트
사랑

첫눈

첫눈이 아닌
첫눈을 우리는
첫눈이라고 믿는다

첫눈은 12월에 내리는 게
아니라
이미 1월에 내렸기 때문이다

첫사랑도 마찬가지다
첫사랑도 처음 사랑이 아니다
다만,
새로 시작하는 우리의 사랑은 언제나 첫사랑이다

기다림

나는
늘
그녀를 기다렸다

그녀는
날
기다린 적이 있었을까?

비혼주의자

아는 여자
중
비혼주의자가 있다

자신은 남자를
별로라고 생각하기 때문에
비혼주의자라고 한다

몇 달 뒤
그녀는
남자친구가 생겼다

사진을 보니
그 남자,
돈이 많아 보였다

돈은
비혼주의자
를

비혼주의자
가
아니게 만든다!

남자친구 있는 여자

희한하게
나랑
친한 여자는

항상
남자친구가
있었다

그래도
만나면 좋은데
그래서
좋지가 않았다

뭐랄까
희망조차
사라진 느낌이랄까?

그날의 날 원망하지 말자

사랑에 실패했던 날

고백에 실패했던 날

인기가 없었던 날

항상 차였던 날

항상 그리워했던 날

항상 기다렸던 날

항상 사무쳤던 날

항상 그렸던 날

항상 그녀만을 생각했던 날

그날의 날 원망하지 말자

후배

후배와
둘이서 밥을 먹었다

후배가
밥을 먹기 전에 물었다

선배,
무슨 이야기하려고 밥을 같이 먹어요?

나는
후배의 눈빛을
읽었다

눈빛은
고백하지 마
고백하지 말라고 말했다

그래서 고백하지 않았다
밥만 먹었다

보고 싶다

보고 싶다는
말 안에

내재되어 있는
뜻은

언젠가
만날 수
있다는 것이다

나는
그녀를
더 이상 만나지 못한다

그렇다면
무엇이라
표현할까?

보고 싶다는
말을
대체할 말이 필요하다

여자와 여자

나이
든
여자가

나이
안 든
여자를

바라
보고
있다

표정이
너무나
묘해서

형용하기
너무나
어렵다

질투가
섞여
있고

애정이
서려
있다

나도
그럴 것
같다

아니
나는
지금 이미 그러고 있는지도 모르겠다

나이가
드는 게
나도 느껴진다

들꽃

길을 걷다
우연히
들꽃을 보았다

그 순간 들꽃이
그녀를 위한
것처럼 보였다

가만 보니
세상 전부가
그녀를 위한 것이었다

망각

이렇게도 많이
사랑을
하고 있음에도

우리는
진정한 사랑을
망각한 것은 아닐까?

손

그녀와
함께
버스를 탔다

그날따라
그녀가
내 손을 만지작거렸다

투박한 손이
뭐
볼 게 있다고

그녀는
계속해서
내 손을 만지작거렸다

시간이 흘러
내 기억 속에
그 일이 잊힐 때쯤

한 가지
확신이
들었다

그녀는
내 손을 좋아서
만지작거린 것이 아니다

그날따라
나를 더 좋아해서
내 손을 만지작거린 거였다

꽃

꽃을
좋아하지 않는 여자는
여자가 아니라는 말이 있다

언젠가
그녀에게
꽃을 준 적이 있다

놀랐다
꽃을 받은 그녀
좋아 죽더라

프리허그

그녀를
보자마자
아무 말 없이 그녀를 안았다

마음이
편했다

그녀를 안아서가 아니라
그녀가
아무 말도 안 해서

프리허그의
진정한 의미를
깨닫는 순간이었다

하루

하루가
이렇게
끝나 가는데

나는
잠을
이루지 못했다

그녀에게
나의 하루가
기억될 수 있을까?

나의 하루가
그녀에게
닿았으면 좋겠다

나의 하루가
너의 하루로
그리고
우리의 하루로

그녀를 찾아 주세요

내가 사랑하는 그녀는 어디에도 없다
그녀에게 전화를 해 보지만
목소리만 같은 사람이 전화를 받는다

시간은 모든 것을 변하게 한다
내가 사랑하는 그녀
어디에 있을까?

그때
그녀를 찾으려면
어디로 가야 할까?

길거리 싸움

길거리에서
여자와 남자가
싸운다

여자는
화를
내고

남자는
이해를
못한다

입술

여자들은
사진을 찍으면서
입술을 앞으로 내민다

입술이 아픈가?
아니면
다른 의도가 있을까?

모든 여자와 한 여자

나는 모든 여자를 사랑한다
그래서
한 여자를 사랑하지 못한다

군것질

입이 심심해
군것질을
하는 것처럼

마음이 심심해
사랑을
하기도 한다

썸의 맛

1판 1쇄 | 2020년 1월 31일

지은이 | 구보상

펴낸이 | 장재열

펴낸곳 | 단한권의책

출판등록 | 제25100-2017-000072호(2012년 9월 14일)

주소 | 서울시 은평구 서오릉로 20길 10-6

전화 | 010-2543-5342 팩스 | 070-4850-8021

이메일 | jjy5342@naver.com

블로그 | http://blog.naver.com/only1book

ISBN 978-89-98697-77-8 04810

978-89-98697-76-1 04810 (세트 번호)

값 7,000원